Arthur Dorros

RadioMan

A STORY IN ENGLISH AND SPANISH

Spanish translation by Sandra Marulanda Dorros

Don Radio

UN CUENTO EN INGLÉS Y ESPAÑOL

Traducción en español por Sandra Marulanda Dorros

HarperCollinsPublishers

The illustrations in this book were painted with acrylics.

Radio Man/Don Radio
A Story in English and Spanish
Copyright © 1993 by Arthur Dorros
Translation copyright © 1993 by Sandra Marulanda Dorros
All rights reserved. No part of this book may be used or reproduced in any
manner whatsoever without written permission except in the case of brief
quotations embodied in critical articles and reviews. Manufactured in China.
For information address HarperCollins Children's Books, a division
of HarperCollins Publishers, 10 East 53rd Street, New York, NY 10022.

Library of Congress Cataloging-in-Publication Data
Dorros, Arthur.
Radio Man = Don Radio : a story in English and Spanish / Arthur Dorros ;
translation by Sandra Dorros.
p.   cm.
English and Spanish.
Summary: As he travels with his family of migrant farmworkers, Diego
relies on his radio to provide him with companionship and help connect
him to all the different places in which he lives.
ISBN 0-06-021547-X. — ISBN 0-06-021548-8 (lib. bdg.)
ISBN 0-06-443482-6 (pbk.)
[1. Migrant labor—Fiction.   2. Radio—Fiction.   3. Mexican Americans—
Fiction.]   I. Dorros, Sandra.   II. Title.   III. Title: Don Radio.
PZ7.D7294Rad   1993   92-28369
[Fic]—dc20   CIP
                                                                   AC

Typography by Christine Hoffman
09 10 11 12 13 SCP 10 9 8

❖

To Harriett Barton,
y para todos los campesinos—and for all the farm workers

Diego woke up to sounds of a deep voice on the radio.

"*Buenos días*, good morning." The words in Spanish and English echoed across the room. "*Esta es la Voz de la frontera*; this is the Voice of the border. Good morning, Texans!"

Diego se despertó al oír una voz profunda en la radio.

—Buenos días, *good morning*—. Las palabras en español y en inglés resonaban en la habitación—. Esta es la Voz de la frontera; *this is the Voice of the border. Good morning, Texans!*

"*¿Estás listo?*" asked Diego's grandfather, Abuelo.

"I'm ready," said Diego.

BEEP, BEEP. A truck's horn sounded outside. Diego's mother, father and little sister Alicia were already waiting in the front seat of the truck.

—¿Estás listo?—preguntó el abuelo de Diego.

—Estoy listo—dijo Diego.

PIP, PIP. Sonó afuera la bocina de un camión. La mamá, el papá y Alicia, la hermanita de Diego, ya estaban esperando en el asiento delantero del camión.

Diego carried the radio and climbed into the truck.

"Hey, Radio Man," called Diego's friend David. David called him Radio Man because Diego was always listening to the radio. "Can I ride with you today?"

"*Sí, vamos,*" said Papá, waving.

"Yes, let's go," said Diego. "We won't see each other for a while. My family's leaving here tomorrow."

"So is my family," said David.

Diego se llevó la radio y se subió al camión.

—Oye, Don Radio—gritó David, el amigo de Diego. David lo llamaba Don Radio porque Diego siempre estaba escuchando la radio. —¿Puedo ir con ustedes hoy?

—Sí, vamos—dijo Papá, señalándole que viniera.

—¡Claro! No nos vamos a ver por algún tiempo. Mi familia sale de aquí mañana—dijo Diego.

—Mi familia también—dijo David.

Diego's family and David's family were migrant farm workers. They traveled most of each year to find work picking fruits and vegetables.

This was the last day of cabbage picking. It was dusty and hot in the fields. The boxes of cabbages seemed heavy.

"Como elefantes," said Abuelo.

Diego and David thought the boxes were as heavy as elephants, too.

Las familias de Diego y de David eran campesinos temporeros. Viajaban la mayor parte del año en busca de trabajo en las cosechas de frutas y legumbres.

Este era el último día de la recolección de repollos. Los campos estaban polvorientos, y hacía calor. Los cajones de repollo parecían pesados.

—Como elefantes—dijo Abuelo.

También a Diego y a David les parecía que los cajones pesaban como elefantes.

While they rode back to the cabins, Diego tuned the radio to a station that played songs in Spanish. Everyone was tired from the work.

"*¡Canta!*" said Mamá.

Diego sang. David tapped a rhythm on the side of the truck, and Mamá helped Alicia clap hands in time to the music.

Mientras iban de regreso a las cabañas, Diego sintonizó la radio en una emisora que tocaba canciones en español. Todos estaban cansados de tanto trabajar.

—¡Canta!—dijo Mamá, y ayudó a Alicia para que palmoteara al compás de la música.

Diego cantó, y David siguió el ritmo dando golpecitos sobre el costado del camión.

The next morning Diego and David said good-bye.

They hoped they would see each other soon. Diego waved until David was out of sight.

Diego and his family drove west over the mountains.

"You're listening to KKTS, *Cactus* radio broadcasting from Tucson, saguaro cactus land," said a man's voice on the radio that night. "This is the after-sundown show, and I'm the Night Owl."

A la mañana siguiente Diego y David se despidieron. Esperaban volver a verse pronto. Diego dijo adiós con el brazo hasta que David se había perdido de vista.

Diego y su familia se dirigieron al oeste a través de las montañas.

—Están escuchando KKTS, la emisora Cacto de Tucson, la tierra del cacto saguaro—dijo por la radio una voz de hombre esa noche—. Este es su programa nocturno y yo soy su "Buho."

On highways, on narrow roads and through small towns, the family drove from farm to farm looking for work.

"Hello. You're tuned to *Bird* radio, of Phoenix, Arizona. I'm talking to you from the banks of the Gila River."

When the radio voice got louder and louder, Diego knew they were getting closer to a town.

La familia iba de una granja a otra conduciendo por carreteras, por caminos estrechos y a través de pueblos pequeños en busca de trabajo.

—Hola, están escuchando la emisora Pájaro de Phoenix, Arizona. Les estoy hablando desde la ribera del Río Gila.

A medida que la voz de la radio se hacía más y más fuerte, Diego sabía que estaban acercándose a un pueblo.

At the melon farm where his family found work, Diego saw his cousins Sophy and Ernesto. Their family had also found work here. He hadn't seen these cousins in a long time.

The three walked to school together every morning. When they went back to the fields after school, they looked for Gila monsters. Once David had told Diego about Gilas, but Diego had never seen one.

"There's a Gila!" said Diego on the last day of picking.

"It looks like one of your dinosaurs, Ernesto," said Sophy.

En la granja de melones en que su familia encontró trabajo, Diego vio a sus primos Sophy y Ernesto. Aquí también la familia de ellos había encontrado trabajo. Hacía mucho tiempo que no veía a estos primos.

Todas las mañanas, los tres caminaban juntos a la escuela. Cuando regresaban a los sembrados después de las clases, buscaban lagartos Gilas. David le había hablado a Diego sobre los lagartos Gilas, pero Diego nunca había visto uno.

—¡Allí hay un Gila!—dijo Diego.

—Se parece a uno de tus dinosaurios, Ernesto—dijo Sophy.

That night there was a party with music, food, and a piñata to celebrate the end of melon picking.

"*¡Bailemos!*" said Abuelo, and people danced to music from the radio.

Sophy broke the piñata.

"I didn't think you could run so fast," Diego said to Ernesto.

"You look like you're being chased by Gilas!" said Ernesto.

Esa noche hubo una fiesta con música, comida y una piñata para celebrar el final de la cosecha de melones.

—¡Bailemos!—dijo Abuelo, y la gente bailó al son de la música del radio.

Sophy rompió la piñata.

—No pensé que pudieras correr tan rápido—le dijo Diego a Ernesto.

—¡Parecía que los lagartos Gilas te estuvieran persiguiendo!—dijo Ernesto.

The next day, Diego's family started the long drive to the cherry farms. It was hot in the truck during the day, so the family drove through the cool night.

Diego was almost asleep, leaning against Abuelo, when Abuelo jiggled his arm. *"Escucha,"* he said. Diego listened to crackling sounds coming from the radio.

Abuelo tuned the radio slowly. *"Buenas noches. . . ."* The voice spoke only in Spanish. The songs were in Spanish too.

Al día siguiente, la familia de Diego comenzó el largo viaje hacia las plantaciones de cerezas. Como de día hacía calor en el camión, la familia decidió viajar durante la noche fresca.

Diego estaba casi dormido recostado sobre Abuelo cuando éste le movió el brazo. —Escucha—dijo él. Diego oyó los sonidos crujientes de la radio.

Lentamente el abuelo sintonizó la radio. —Buenas noches . . . — dijo la voz, hablando sólo en español. Las canciones eran en español también.

Abuelo heard one of his favorite songs—*"La Paloma."* He told Diego that this station was far, far away, in Mexico.

Abuelo had listened to the same song in the village where he grew up. He told Diego about that village—about the forest where butterflies looked like leaves on trees, and about the houses shining in the moonlight.

Abuelo escuchó una de sus canciones favoritas, "La Paloma." Le dijo a Diego que esta emisora estaba muy, muy lejos, en México.

Abuelo había escuchado la misma canción en el pueblo donde se crió. Le habló a Diego sobre ese pueblo, del bosque donde las mariposas parecen hojas de árboles y de las casas que brillan a la luz de la luna.

By dawn the family was near Lodi, California.

"Good morning, everyone," said the radio woman's voice. She played a song called "Stuck in Lodi Again." Diego had heard that song every summer when he and his family came to Lodi to pick cherries. But Diego never felt stuck in Lodi. He always met someone he knew. Maybe David would be here.

Diego saw two boys he had known at school in Arizona. But he did not find David.

Al amanecer, la familia estaba cerca de Lodi, California.

—Buenos días a todos—dijo la voz de una mujer en la radio. Puso una canción llamada "Atrapado en Lodi otra vez." Diego había oído esa canción todos los veranos, cada vez que él y su familia venían a Lodi para la cosecha de cerezas. Pero Diego nunca se sentía atrapado en Lodi. Siempre encontraba a alguien conocido. A lo mejor David estaría aquí.

Diego vio a dos niños que había conocido en la escuela en Arizona. Pero no encontró a David.

While he emptied buckets of cherries and took care of Alicia, Diego looked for his friend. During all the days of cherry picking he looked, but David did not arrive.

"Today is the last day of cherry picking," the woman on the radio said. "It's been a great harvest this year. . . ."

"Now we'll go north, to new places," said Papá.

Mientras vaciaba los cajones de cerezas y cuidaba a Alicia, Diego miraba tratando de encontrar a su amigo. Lo buscó todos los días de la cosecha de cerezas, pero David nunca llegó.

—Hoy es el último día de la cosecha de cerezas—dijo la mujer de la radio—. Este año la cosecha ha sido muy buena. . . .

—Ahora iremos al norte, a nuevos lugares—dijo Papá.

Papá drove until fog swirled around the truck. Diego heard the ocean waves crashing.

"You're listening to *Big* radio, in Crescent City, gateway to the giants," the radio man said.

The giants were redwood trees. One tree had a tunnel big enough to drive through.

"I'll tell David about this," said Diego.

El papá condujo hasta que la neblina envolvió al camión. Diego escuchó el golpear de las olas.

—Están escuchando a radio Grande en Crescent City, la puerta de entrada a los gigantes—dijo la voz de un hombre en la radio.

Los gigantes eran árboles sequoia. Un árbol tenía un túnel tan grande que se podía conducir a través de él.

—Le contaré a David—dijo Diego.

The family drove through forests and through dry country.

They stopped at a roadside store to get something to drink and eat.

A woman was looking at melons, trying to find a ripe one to buy.

Diego wondered if those were melons he and his family had picked. He looked at the rows of fruits and vegetables. He knew how to pick them.

La familia condujo por bosques y por campos áridos. A la orilla del camino, pararon en una tienda para beber y comer algo.

Una mujer miraba los melones, intentando encontrar uno maduro para comprarlo.

Diego se preguntaba si esos melones eran los que él y su familia habían recolectado. Miró las hileras de frutas y verduras. El sabía cómo recolectarlas.

Finally the family reached orchards of trees so heavy with apples that the branches almost touched the ground. Diego had never been here before.

"*Ahora, anuncios de KMPO, Campo, radio campesina, de Sunnyside, Washington.* Now, announcements from KMPO, Campo, farm workers' radio, from Sunnyside, Washington. . . ." The radio announcer gave a telephone number so that people could call in and give their messages. Diego turned up the volume.

Finalmente la familia llegó a unos huertos de manzanos tan cargados de fruta que las ramas casi tocaban la tierra. Diego nunca había estado ahí antes.

—Ahora, anuncios de KMPO, Campo, radio campesina, de Sunnyside, Washington. *Now, announcements from KMPO, Campo, farm workers' radio, from Sunnyside, Washington. . . .* — El locutor dio un número telefónico para que la gente llamara y transmitiera sus mensajes. Diego subió el volumen.

"Paco, this is Lupe. *Feliz cumpleaños*, happy birthday."

"Elena, your cousin called. She will arrive on Friday."

Diego listened to the messages and to the KMPO telephone number again. He ran to a telephone and called the station.

The announcer answered. "*Buenos días.* Do you have a message?"

Diego did have a message.

"Hello, David! This is Diego. Are you here?"

Diego heard his own voice on the radio.

—Paco, soy Lupe. Feliz cumpleaños, *happy birthday.*

—Elena, te llamó tu prima. Llegará el viernes.

Diego escuchó los mensajes y el número telefónico de KMPO otra vez. Corrió a un teléfono y llamó a la emisora.

El locutor contestó. —Buenos días. ¿Tiene un mensaje?

¡Claro que Diego tenía un mensaje!

—¡Hola, David! Soy Diego. ¿Estás aquí?

Diego escuchó su propia voz en la radio.

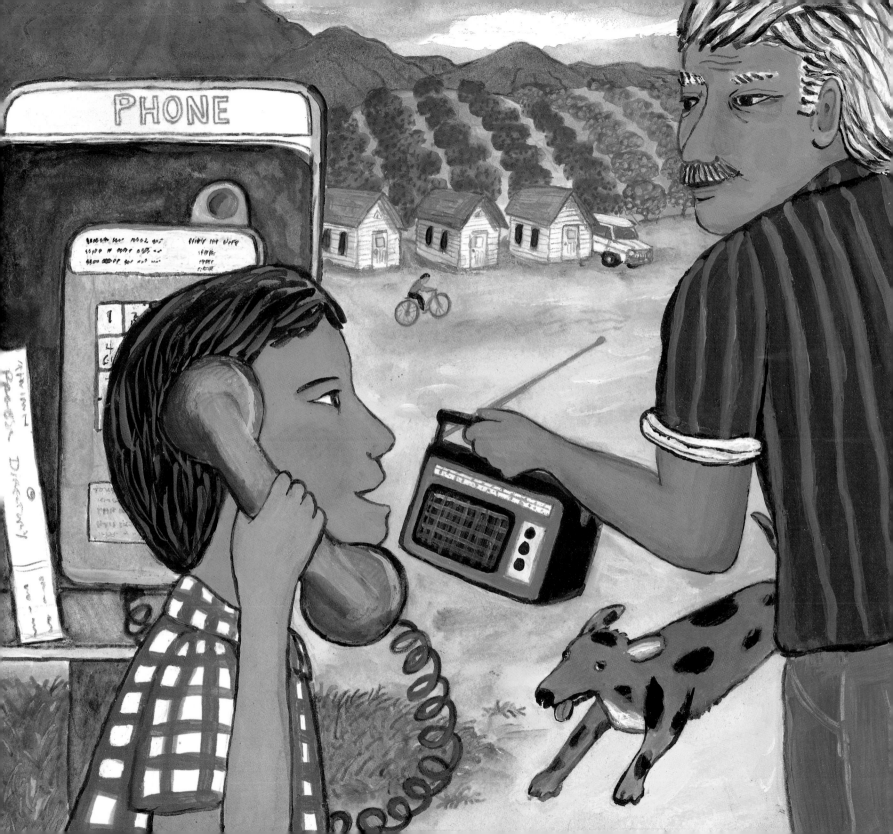

Someone was listening.

Alguien estaba escuchando.

Glossary

Estás listo (ehs-TAHS LEES-toh) Are you ready

Sí, vamos (see, BAH-mohs) Yes, let's go

Como elefantes (KOH-moh eh-leh-FAHN-tehs) Like elephants

Canta (KAHN-tah) Sing

Bailemos (buy-LEH-mohs) Let's dance

Escucha (ehs-COO-chah) Listen

Buenas noches (BWEH-nahs NOH-chehs) Good night

La Paloma (lah pah-LOH-mah) The Dove